강릉

강릉

2010년 12월 15일 초판 1쇄 인쇄
2010년 12월 24일 초판 1쇄 발행

지은이 | 박용재
펴낸이 | 孫貞順
펴낸곳 | 도서출판 작가
　　　　서울 서대문구 북아현3동 1-1278 (우120-866)
　　　　전화 | 365-8111~2　팩스 | 365-8110
　　　　이메일 | morebook@morebook.co.kr
　　　　홈페이지 | www.morebook.co.kr
　　　　등록번호 | 제13-630호(2000. 2. 9.)

편집 | 조랑
디자인 | 오경은
영업 | 손원대 설동근
관리 | 이용승

ISBN 978-89-94815-01-5 (03810)

* 잘못된 책은 구입하신 서점에서 바꾸어 드립니다.
* 지은이와의 협의 하에 인지를 붙이지 않습니다.

값 8,000원

강릉

박용재 시집

작가

■ 自序

　　상처받은 영혼이 거주할 집을 찾았다네

　　어디에도 존재하지 않을 것 같은 그 집은 바로 강릉이었
다네

　　나의 인생여행 중 힘들고 고통스러울 땐

　　항상 몸 어딘가에 묻어있는 당신을 그리워했다네

　　때론 고향에서조차 나그네이기도 한 삶이었지만

　　그곳은 돌아갈 곳이 아니라 내 마음속 영원의 집이었다네

　　내 영혼의 거처는 거기 있었다네

　　　　　　봄날, 어느 들판에 몸을 뉘일까

차례

서문

제1부

1부

헌화가

나의 고백은
당신을 사랑한다는 것입니다
안인에서 등명 낙가사 가는 길 옆
바닷새들이 놀다간 절벽에 피어
사람이 사랑을 노래하듯
생명을 노래하는 안쓰러운 들꽃들
아 나는 그 꽃을 꺾는 죄보다
당신을 더 간절히 사랑하기에
바다에 안길 듯 고개를 떨군
들꽃 한 송이 툭, 꺾어 당신에게 바칩니다
남은 향기마저 훔쳐 바칩니다

첫사랑

복사꽃이 만발한 봄날이었습니다. 가지마다 긴 인내 끝에 아름다운 향기를 달고 있는 꽃들이 눈부셨습니다. 복사꽃밭을 지나며 누군가에게 마음을 들킬까봐 나는 풀이 죽어 그대 집을 그냥 빙빙 돌기만 하였습니다. 밤이 오자 달빛에 더욱 흐드러진 복사꽃 언덕을 서성거렸습니다. 나는 개짖는 소리에 놀라 움칠하다가, 허전한 마음만 움켜쥔 채 담쟁이 넝쿨마냥 담벽을 열심히 기어올랐습니다. 하늘에는 별들이 가득합니다. 내가 그대 집을 방문하기 위해 가져간 것은, 꼴랑 사랑한다는 마음 하나였습니다. 진땀 나는 손에는 밤하늘에 빛나는 별잎 하나 따서 들고 있었을 뿐입니다. 별잎! 그저 받아만 주신다면 모두 따서 그대에게 드리고 싶었습니다.

강릉

마음이 먼저 도착하여
한참 동안을 흥분하더라
몸은 더디게 더디게 도착하였으나
마음보다 더 흥분하더라
몸이 말하기를,
맑은 바람꽃 덩어리가
강릉보다 더 좋은 곳이 있더냐
마음이 받아치더라
해당화꽃 한 송이에 흥분할 줄 아는
삶이 어디 그리 흔하더냐
몸이 마음에게 물었다
그렇게 좋으냐고
마음이 그윽하게 답하기를
다 네 덕분이라 하더라

들국화

어제 들길에서
만난 들꽃들을
오늘 다시 만났다

그 반가움이야
화들짝 이뻐서
숨 넘어갈 듯하다

내일에도
오늘 만난 꽃들을
그 자리에서 그 모습 그대로
만날 수 있을까

흐린 배들에게 물었다

강릉 안목 포구에서
갈대에게 물었다
물길은 어디 있냐고
물길에게 물었다
저녁 배들은 언제 오냐고
물안개로 흐린 배들에게 물었다
물길을 안내하는 새들은 어디 있냐고
새들에게 길을 물었다
푸른 하늘 길은 어디 있냐고
하늘에게 사는 게 다 무어냐고 물었더니
그저 붉은 저녁 노을로 답하네
다시 갈대에게 길을 물었다
나는 어디쯤 와 있냐고

경포대역

참 아름다운 역이었습니다
내 기억 속에 흐린
기적 소리만 남아있는 경포대역
바다가 그리운 사람들을
쏟아내던 바다로 가는 종착역이었습니다
머리 늘어뜨린 늙은 해송들이
파도 소리에 귀를 세우는
옛날 역사 근처에서
멀리서 뿌욱하며 달려올 것만 같은
그대 실은 기차를 생각합니다,
쑥부쟁이 엉겅퀴 해당화 꽃잎에
눈길을 주다, 고개를 들어
하늘차창에 비친 사람들을 기억합니다
세상에 태어나 처음 기차를 탄 곳은
경포대역이었고 처음 내린 곳은
5분 거리의 강릉역이었습니다
그토록 짧은 두 역을 하루에 몇 번씩
왕복했던 기차여행은 잊을 수 없습니다.

횟집이 들어찬 옛날 기찻길 위에는
싱싱한 생선들이 올라와
기차를 타고 먼 여행을 떠나는 듯합니다
세상공부 길은 아직 먼데
어릴 적 기차 안에서 읽던 책들은
왜 아직도 눈물을 흘리고 있는 걸까
지금은 흔적도 없이 사라진
옛날 경포대 역사 근처서
그대를 싣고 올 기차를 기다립니다.

달빛 나그네

그대 손을 잡고
저 달집 속으로 들어가
남은 생애를 함께 나누리

적막한 경포호엔
달빛을 머리에 인 채
풀섶에 집을 지은
철새들의 날갯짓 소리 가득한데

하얗게 머리가 센
갈대숲에 가만히 내려앉은
낡은 목선 한 척

사랑을 잃어버린 자들을
달집 속으로 실어나르네

마음을 닦으며

우는구나, 호수여
네 가슴에서 물결치며 놀던
바람마저 떠난 오후
제 몸이 심심해 우는구나
바람 불어 슬픈 봄날
떨어진 벚꽃잎으로 마음 채우더니
그 벚꽃잎마저 물이랑을 타고
바다로 떠난 후, 다시
제 몸이 외로워 우는구나
작열하는 태양에 마음마저 데우더니
이별을 위해 찾아온 사람들의
눈물까지 받으며 우는구나
마른 길대들의 호위 속에
눈발들을 불러 타는 마음을 달래는구나
모든 스쳐, 지나가는 것들을
제 몸으로 안아 비추는
호수여, 지나온 시간이여
누군가 홍장암 부근에서

돌아올 애인을 기다리며
조용히 마음을 닦고 있다

바람의 호수

가을이 오면 띄우리
배를 띄우리
눈물 묻은
퍽퍽한 인생길 돌며
허겁지겁 세월을 견뎌온
그대와 함께
저 바람의 호수에
배를 띄우고
지난 세월을 이야기하리
못다한 이야기에 지치면
낙엽으로 만든 잔에
잘 익은 추억의 술을 따라 마시며
남은 이야기를 이어가리
가을이 오면
또 다시 지나가는 바람의 호수에
배를 띄우고
인생의 뒤안길을 노래하리

달은 어디에 떠 있나

달은 어디에도 있고 어디에도 없다
달은 동해 하늘에 떠 있기도 하고 없기도 하다
달은 바다 위에서 춤추기도 하고 잠들기도 하다
달은 경포호수 위에 우두커니 서 있기도 하고 없기도
하다
달은 친구의 술잔에 담겨 있기도 하고 없기도 하다
달은 그녀의 눈동자에 숨어 있기도 하고 없기도 하다
달은 내 마음 속에 있기도 하고 없기도 하다
달은 달 속에 있기도 하고 없기도 하다

친구여, 그대 인생의 달은 어디에 떠 있나?

나그네 새

긴 인생길에 잠시 들러
갈대에 앉아 위태롭게 우는
조그맣고 앙증맞은 새여
개개개 삐삐삐 객객객
개개비 울음소리는 애닲기 그지없구나
개개비가 머물다 간 경포호수엔
봄과 가을에 지나가는 나그네 새인
붉은 머리 오목눈이가
비비비 씨씨씨 찍찍찍 하고
네 울음에 답을 보내는구나
물총새 몇 마리 호수 위를 스쳐간 후
계절은 봄에서 겨울로 휙 바뀐 후
천둥오리떼들 몰려오니
새들은 날아가고 날아오고
인생도 죽어가고 다시 태어나고
客 客 客 우는 개개비여
우리 모두 자연의 객 아니던가
우주의 나그네 아니던가

내 인생에서

내 인생에서
어머니가 없었다면
터져 나오는 눈물을
담아줄 그릇이 있었을까
부모에게 받은 작은 몸 하나로
허둥대며 버텨온 내 인생
착하게 살자, 착하게 살자
수없이 다짐해온 내 인생이여
내 인생에서 사천진리가 없었다면
같이 놀아 준 갈매기 몇 마리가 없었다면
삶의 시작은 있었을까?
나 오늘 저녁 하늘 속으로
자연스레 몸을 지우는 새들에게
내 자신의 삶을 물어 본다
착했느냐고? 아름다웠느냐고?
겨울 나뭇가지에 매달려
떨어지지 않으려고 몸부림치는 나뭇잎에게
내 인생을 다시 한번 물어 본다

인생을 마무리할 시간이 오면
저 깊은 대지 속으로 깨끗하게
순응하는 자세는 배워두었느냐고?

간이역

기적 소리에 놀란
들꽃잎 몇 장 그 소녀의 얼굴 위에 떨어진다.
하얀 얼굴 위에 포개지는 옛사랑
가둘 수 없는 그리움이 샘물처럼 솟는다
먼데 산들은 속살을 감춘 채
진달래 꽃물 같은 붉은 얼굴로
과거의 쓰린 속을 확 뒤집어 놓고
들길에서 스치듯 보았던 미소야 어떻든
세월의 뒤켠으로 숨어버린 추억아
이름모를 꽃들에 잠시 머물다 떠나는
내가 기억하는 이별의 뒷모습
이보다 더 간절한 시간이 있더냐

고향에서

니 인생
그만하면 됐다
쉬거라 쉬거라
니 인생
그만큼이면 됐다
돌아오거라 돌아오거라
고향 들판길을 걸으며
한말씀 들었네
니 인생
그만큼 외로웠으면 됐다

초당일기
— 허난설헌 생가에서

백일홍 나뭇가지마다
웬 눈물인고
몇백 년 세월 동안
꽃잎에 맺힌 눈물은
매년 봐도 지워지지도 않는구나
그대는 어찌하여
눈물은 강릉 초당에서 흘리고
몸은 경기 양평에 잠들었는가
작은 꽃잎에 묻은 이슬마다
웬 서러움이더냐
그대가 영혼을 달래던
초당의 풀들에서
붉은 피가 흐르는구나
피냄새가 나는구나
세월은 가도, 흔적은 남는구나
어인 새 한 마리
마지막 남은 꽃잎을 물고
대관령을 넘어 양평으로 가는구나

하평동에서 1
— 허균을 생각함

일찍이
유토피아를 꿈꾸던 전설의 마을이다
몇 호 안되는 집들
그대의 소설 속 홍길동은 어디로 갔나
소나무 푸릇푸릇 세월을
휘감고 머리채를 흔들어대는 숲
삶의 끝으로 몰려온 사람들이
다닥다닥 붙어사는 수용소는
아직도 행복의 나라에 수용되지 못했구나
애일당 뒷산자락 대나무 밭에 사는
솔새 한 마리 댓바람 같은 울음을 울고
홍길동 그대는 어느 하늘가에
혁명의 십을 시었는가
혁명은 슬픔을 동반하고
슬픔은 새로운 인생을 꿈꾸던가
그대 시비로 올라가는 길목의
이름없는 무덤 속 그이들도
혁명을 노래했던가

유토피아는 종달새 노랫소리와
할미꽃 잎에도 앉아 있다

하평동에서 2
― 답교놀이

산다는 게 다 그리움이더라
앞산은 뒷산을 그리워하고
뒷산은 앞산을 그리워하더라
산다는 게 다 마음이더라
앞마을이 뒷마을을 그리워하고
뒷마을은 앞마을을 그리워하더라
만남이라는 게 다 그리움의 끝이더라
손에 손에 불을 쥐었지만
마음에는 그리움을 한 움큼씩 안고
다리와 다리를 잇더라
달빛을 서로 머리에 이고
나 버리고 너 버리고 우리로 이어지더라
인생을 알아간다는 거
다 마음의 주고받음이더라

제2부

강릉에서

네 몸에 꽃 피면
내 몸에도 꽃 핀다
네 사랑이 뜨거우면
내 사랑도 뜨겁다
이 세상에 이만한
몸과 마음이 어디 있던가?
솔향 가득한 마을마다
세상 훤히 밝히는
그대 마음 다 보인다
네 마음이 노래하면
내 마음도 노래하더라

봄비 내리다

봄비 내리네
그대 눈은 흐르는 빗물에 젖고
대지는 내 눈물에 젖네
3월의 대지에 펼쳐지는
힘겨운 구근들의 치열한 반란
대지는 열꽃 피듯 뜨거워지고
이후 피어나는 꽃들아
네 향기에 취해
나는 길을 잃는다

봄날 숲에 머물다

겨울잠에서 깨어난 나무들이
여기저기서 기지개를 편다
푸른잎들이 맑은 소리를 낸다
나무들의 몸도 맑은가 보다
햇살은 잎사귀에서 더욱 빛나고
새들은 봄을 노래하기에 바쁘다
노을이 벌겋게 물든 저녁 무렵
나무들은 부드럽게 호흡하며
노래에 지친 새들의 잠자리를 만든다
베푼 만큼 아침은 상쾌하리라

감자밭 똥냄새

감자는 씩씩하다
봄날 종달새 노랫소리 들으며
비탈에서 잘도 자라는
우리들의 생생한 양식
보라색과 흰색 어우러진
감자꽃들이 벌이는 생명잔치
똥 오줌 삭힌 거름으로
저토록 거룩하게 필 수 있다니!
밭가에 길게 도열한 옥수수도
그대 생명력에 경례하네
나 역시 그대에게 머리 숙여
경의를 표한다 오!
구수한 감자밭 똥냄새여
그 냄새를 맡고 자란
나는, 강원도 감자다

홀로 벌판을 지나는 바람에게 물었다

서울 간 친구가
한 줌 재로 돌아온 날
그를 맞이한 것이라곤
고작 몇 안되는 가을볕이더라
돼지 두루치기에 김치
확 얹어 막걸리를 들이키며
남은 놈들 울음 몇 가락에
녀석과의 추억도 묻었다
친구가 그리워
그를 안아준 가을볕을 잡고
뒤돌아 보는 생애
아무래도 아무래도
잠이 오질 않고 신경만
바다를 칼헤엄치네
녀석이 사랑했던 여자
숙자야, 너 어릴 때
속 확 뒤집어 놓고 떠나니
좋더냐, 행복하더냐
벌판을 홀로 지나는 바람에게 물었다

시간의 뜰

가을 하늘에
기러기떼 지나가네
먼 길 떠나는 날갯짓이
쓸고 간 자리에
낙엽이 툭툭 떨어지네
오늘이라는 시간은 언제나 짧고
지나온 길들만 낙엽에 덮히네
인생은 간단하지만은 않아
언제나 진달래 꽃잎보다 진한
가슴 속 피멍을 들이고
마당 한켠에서는 감기에 걸린 듯
시든 꽃들이 기침을 하네
한 사내 먼저 진 사랑의 기억에
몸을 돌려 깊은 한숨을 쉬네
가을 국화 몇 대궁, 애닯게
손을 들어 오늘을 배웅하고
마당가 마지막 남은 가을 꽃잎에도
기러기떼 그림자 지나가네

길

길이 놓여 있네
산과 계곡 나무들이 비켜주어
만들어진 길 위에서
나는 지나온 길들을 돌아보며
눈물 짓는다
눈물이야 훔치면 그만이지만
바위 속을 뚫고 들어가
가부좌를 틀고 앉는 그리움 하나
잊혀진 사람들의 냄새가 그리워
길섶에 엎드려 엉엉 울어본다
잡풀 몇 대궁 아는 듯 모르는 듯
내 마음을 흘깃 훔쳐보고
지나가는 바람은 석연찮게
이 마음을 쓸어 준다
구름 속에라도 마음을 숨기려나
구름은 자꾸 도망만 간다
나는 길을 걸어왔지만
그 길이 행복했다고 자신 못하네

불행한 꽃잎

누구나 찬란했다, 그러나
햇빛 속에서 빛나는 꽃잎이여
아무도 찬란하게 지지는 않았다
저 깊은 대지의 어둠 속에서
뿌리들은 물 한 방울 끌어 당겨
애를 쓰고 애를 쓰고, 기어이
너를 세상에 피워 올렸다
아 사랑의 추억은 썩지 않고
살아있는 동안 다시 꽃처럼 피어난다
누군가의 기억 속에서 사라진 후
다시 물 한 방울로 태어나고
때가 되면 다시 피는 불행한 꽃잎이여
살아있을 때까지 꿈꾸다 마는 인생아
잘 죽는 삶이 아름다운 삶 아니더냐

바다에 내리는 눈

눈 내리는 겨울바다에 앉아있습니다
온통 사방이 눈발로 끝이 없습니다
바다 위 하늘을 올려다 봅니다
가만히 보니 눈도 참 여러 모습입니다
해수면 위로 급히 추락하는 눈
하늘을 한 바퀴 돌다 유유히 내리는 눈
바다에 내리기 싫어 다시 하늘로 올라가는 눈
눈들의 세계도 참으로 다양합니다
눈들도 저러한데 인간들이야
다양하기로 치면 오죽하겠습니까
저기 해안선을 따라 쳐진 철조망을
눈들이 깨끗하게 지워 버립니다
눈 오는 나라는 경계가 없습니다
모두 눈 밑에 존재하기 때문입니다.
발밑에선 가자미 꽁치 넙치 망치 같은
바닷고기들이 발을 간지럽힙니다
이 녀석들도 심심한 모양입니다.
입을 쑥 쑥 내밀고 내리는 눈을 받아 마십니다
눈 오는 날은 바다도 공평합니다.

들판에서 부르는 노래

저녁 무렵이었지
바람 한 점 없이 하늘은 고요했어
친구들은 집으로 돌아가고
새들도 일찍이 둥지로 날아 갔어
어둠 쌓인 내 작은 손
서러운 눈물꽃 담았지
강가에 핀 버들강아지 벗삼아
콧노래를 흥얼거리며
혼자 남은 무서움을 달래보지만
무서움보다 더 아픈 건 그리움이었어
물 오른 버드나무 가지 꺾어
버들 강아진 그대로 둔 채
버들피리를 조심스레 불었지
잠자는 들판을 깨우고 싶었어
엎드려 자고 있을 풀꽃들이라도
불러내고 싶었어
바다로 향하는 밤 강물에 귀기울였지
내 등 뒤에서는 풀벌레들이

조용 조용 노래했어
내 고무신은 조심 조심 집으로 향했지
푸른 공기마저 깨울까봐

키 작은 꽃의 삶에 관하여

들길을 걷다가 길바닥에 납작 엎드린 키 작은 풀을 만났습니다 이름은 질경이풀이라고 합니다 한여름날 바닷가 아이들의 고추는 더욱 익어가고 분꽃이나 봉숭아 칸나는 물론 해바라기마저 태양에 지쳐 고개를 떨구고 있습니다. 태양을 가장 먼저, 많이 받는 그런 키 큰 꽃들이 고개를 숙일 때 질경이풀은 키가 작아 떨굴 고개가 없습니다. 처음부터 낮게 살았기 때문입니다 하늘이 뭐가 그리도 부끄러운지 대지에 가깝게 더 가깝게 몸을 붙이고 있는 그대 모습이 참 경건했습니다. 화려하지도 향기롭지도 않은 작고 하얀 꽃잎만큼은 참 아름다웠습니다

강원도의 저녁

꽃들의 그림자는 꽃밭이 안아주고
새들의 그림자는 대지가 받아주네

나그네의 그림자는 길 위에 지고
나무들의 그림자는 숲 속에 지네

살아있는 모든 것들은 그림자를 남기고
대관령의 그림자는 바다가 안아주네

대관령에서

산은 바다를 안고
사는구나
바다는 산을 업고
사는구나
서로 안고 업어주며
참 따뜻하게
한세상 사는구나

벚꽃잎 흩날리네

대관령 이마에
흰눈이 덮혀있는 봄날
바다로 가는 길에
벚꽃잎 흩날리네
큰 덩치에 상처를 드문드문 안은
벚나무가 꽃잎 축제를 벌이네
아버지는 말 고삐를 잡고 길을 열고
어머니는 나귀에 앉아 웃음짓네
아이들은 저마다 하늘에
꿈을 담은 채색화를 그리고
하늘엔 종이 비행기 가득하네
바다로 가는 길마다
흩어지는 꽃잎들의 눈부심
강릉을 살다간 사람들의 추억이
종달새 노랫소리에 실려 하늘에 퍼지네
오, 바다로 가는 길
온통 아름다운 꽃잎들의 축제로다

용평에서의 1박2일

바람은 산에서 불지 않았다
늘 내 마음속에서 불고 있었을 뿐
숲속의 나무들은 저마다
하늘에 운명을 맡긴 채
휘휘 소리를 내며 어깨동무를 한다
갓 50나이에 들어선 친구는
약국에서 감기약을 사먹고는
소나무들은 감기에 걸리면
무슨 약을 먹고 나을까?라며
참 대답하기 고약한 질문을 한다
나는 말없이 자작나무 숲을 거닐며
아마 달빛이나 햇빛이 약이 아닐까라고
말하려다 그냥 객쩍은 웃음만 지었다
달빛이 만들어낸 긴 그림자를 밟으며
어려운 경제이야기, 정치이야기에다가
먼저 간 친구이야기를 나누다
산등성이를 지나가는 바람에게
물었다, 사는 게 뭐냐고

혹여 스스로 허울을 만들고 밟고 지우는 일은 아니냐고
우리 사는 세상이 감기에 걸리면
무슨 약을 사먹여야 할까

하루

하루 하루가
다 빚인 것 같으이
숨쉬느라
맑은 공기에 빚지고
더위를 피하느라
나뭇잎 그늘에 빚지고
순간 순간이 다
빚지고 사는 거 같으이
하루를 마치고
또 다른 하루를 걸어가야 하는
세상의 길들에게도
빚지고 사는 거 같으이
봄날, 마음 환희 밝혀주는
꽃향기에 신세지고 사는 거 같으이
인생이라는 것이
공기와 나뭇잎과 길들에게 기대어
다 빚지고 사는 거 같으이
만나면 눈물부터 날 것 같은

그리운 사람에게
마음의 빚지고 사는 거 같으이

제3부

운양초등학교

아주 작은 들꽃 같은 학교입니다 한 학년이 1반뿐이던 어깨동무 학교입니다 들판에서 보면 작아 보이지만 교실 안에서는 세상이 크게 보이는 학교입니다 가슴에 봄 여름 가을 겨울을 품고 풀꽃과 종달새와 아지랑이와 낙엽과 뒹굴던 순수학교입니다. 메뚜기도 잡고 잠자리도 잡고 새를 쫓으며 세상 꿈을 키우던 자연학교입니다 1726년에 댕기머리 선배들이 한문을 배우는 서당이었다가 1943년에 초등학교로 문을 열었습니다 오랫동안 많은 아이들이 발가벗은 몸으로 냇가에서 멱을 감으며 가재를 잡으며 놀았습니다 키보다 큰 코스모스 길 숲에서 낄낄거리며 숨죽이며 숨바꼭질하며 놀았습니다. 친구들과 마중물 넣고 펌프질로 퍼올린 물을 손바닥으로 마시던 기억이 새롭습니다 세월이 조금 지났기로서니 65명 친구들의 얼굴과 이름이 다 기억나질 않고 하얀 분필가루만 날립니다. 그 사이 세 학급의 더 조그마한 학교가 되었습니다 선생님도 아이들도 소사아저씨도 추억도 많이 잊혀졌지만, 더운 여름날 그늘을 만들어 주던 느티나무와 플라타너스는 요즘도 선생님처럼 우뚝 서서 착하게 살라고 야단칩니다.

내 친구 영환이

어느 날 문득
니 생각났다
내가 아는 친구들 생각하다
몸이 입이었던
니 생각났다
입이 아닌 마음으로 살아온
농사짓는 내 친구 영환이
말보다 몸으로 인생을 안고 사는
내 친구 영환이
평생 지켜야 할 말도 못지키는
나는 참 부끄럽다
올해 쌀농사는 괜찮은가?
밥 먹다가
다시 니 생각났다

명태
— 이모의 부고

겨울 어판장에서
평생 명태를 손질하던
거진 이모

한 생애가 그저 흠뻑 두들겨 맞은
황태 같았던 우리 이모

이모가 평생 손질한 것은
명태가 아니라 인생이었다네

이모가 눈을 감은 후
명태도 동해를 떠나 먼 곳으로 갔다

친구에게

평생이
삶에 대한 참회의
시간이었다네

아름다운 죄

한 인생 살면서
죄 없다고 말하기 어렵다
몸에 입힌 작은 상처도
큰 빚이자 죄일 것이며
고백도 못한 채 이별한 사랑을 위하여
달빛에 마음을 숨긴 것도 죄일 것이다
사랑한다는 것은 죄를 짓는 일
죄 없는 사랑이 어디 있을까
사랑이라는 것이 애매하고 기묘하여
다치기 가장 쉬운 몸인지라
어디 죄 없이 사랑할 수 있을까
애인을 위하여 거짓 이별을 고한 것도
마음을 숨기면 때론 죄인 것을
그 무언가를 사랑한다는 것은
아름다운 죄를 짓는 일은 아닐까

극장 추억

그땐 할리우드가 미국이 아닌
영화관 속에 있는 줄 알았어
강릉극장에서 '벤허'를 보고
신과 인간의 존재를 생각했지
신영극장에서
성룡의 '취권'을 보고 쿵푸에 취했었지
동명극장에서 '겨울여자'를 보고
시내를 휘저으며 이화를 찾아 헤맸지
세월은 흐르고, 다시 흐르고
강릉극장은 영화 속 의상이 아닌
일상복을 파는 옷가게로 변했군
아, 그 옆의 닭갈비 맛 끝내주던
안경아줌마 집은 아직도 있나?
신영극장은 폭설에 무너져
사라졌다, 재개관했다
우리들의 끝내주던 재개봉관
동명극장은 극장식 나이트 클럽으로
춤남춤녀들을 불러 불러들였지

아참, 영화관인 강릉극장에서 만난
추송웅의 모노드라마 '빨간 피이터의 고백'은
지울 수 없는 추억이 됐지
율 브린너, 찰튼 해스톤, 말론 브란도,
오드리 햅번, 알 파치노, 성룡…
많은 스타들이 강릉엘 왔다갔다

마당

마음 빗자루로
마당을 쓴다
가을낙엽 수북히 쓸린다
지금은 잡풀에 점령당한
옛 고향집터
오! 인생아, 너는
마당의 낙엽을 쓴 게 아니라
니 헤진 마음을 쓴 게다
그런 게다
니 인생의 상처를 쓴 게다

별

어둠의 무늬 결이 만져지는
여름 계곡의 언저리에서
밤풀벌레 울음소리에 흔들리는
여름 꽃잎들의 노래를 듣는다
때론 어둠이 빛보다 아름다울 때가 있다
몸 속에 별을 안고 사는 사람을 만날 때
가슴에 키우는 그 별을 볼 수 있기 때문이지
달맞이꽃이 훔쳐보든 말든
지나는 바람이 방해를 놓든 말든
개들이 이방인의 침입을 경계하는 합창을 하든 말든
어두운 여름 밤의 숲속에서
두 개의 별을 안고 노래했지
사랑할 수 있을 때 그대 곁에 가리라

그녀는 노을 속에 집을 지었다네

그 길을 걸었지
강릉 시내에서 안목바다까지
온 몸이 꽃향기로 가득했어
달뜬 몸이 하늘로 치솟아 올랐어
그녀는 말이 없었지
달 속에 숨으려는 듯
작은 미소가 걷고 있을 뿐이었어
도시는 항상 등 뒤에서 빛나고
불빛들이 희미해질수록
파도소리가 점점 가까워졌지
언제쯤 닿을까 시원의 바다엔
세월은 흐르고
그도 세월을 잊혀져 가고
그녀는 노을 속에 집을 지었다네

감나무 그늘에 누워

내 젊은 날의 앞 마당엔
감나무 한 그루 서 있습니다
잎과 잎 사이를 뚫고 나온
햇살이 얼굴을 간지럽히며
하늘을 조금씩 보여줍니다
감나무 아래 누워 입을 벌리면
하늘에서 천사들이 내려오듯
그 달콤한 꽃잎들이 떨어져
입 속으로 쏘옥 들어왔습니다
천국에서도 맛보지 못할 감나무꽃 맛
초여름날 감나무 아래에서
젊은 베르테르의 슬픔을 읽으며 더위를 식힙니다
들판에 가을걷이가 끝나면
어느새 꽃잎이 진 자리에
붉은 홍시들이 달려있습니다
겨울 고향 길을 걸으며 내 젊은 날의 감나무를 추억 삼아
미소를 짓습니다
뉘 댁이나 할 것 없이

겨울나는 새들을 위해 까치밥을 남겨두는
넉넉한 강릉 사람들의 마음을 읽습니다

1980년 주문진에서

장발을 자유처럼 휘날리며
80년 계엄령 속 주문진을 지나다
풍기문란 사범으로 몰렸다
대들다가 귀싸대기 몇 대 맞고
이발소에 끌려 가서
머리카락 싹뚝싹뚝 잘리고
닭똥 같은 눈물을 흘렸다
자유를 노래하던 청년은
쪽 팔리다며 놀려대더니
마리카락이 잘린 게 아니라
머리가 잘린 거라며 조소를 보냈다.
소주를 물 마시듯 들이키던 그는
기어쿠 자유가 잘린 거라며 울음을 토했다
검은 바다 속으로 흩어지는 울음소리처럼
우리들의 청춘도 생선의 쓸모없는 비린 창자처럼
아무렇게나 부둣가에 흩어졌다.
난 요즘도 주문진 항구 근처엘 가면
두리번거린다, 머리가 잘릴까봐

가위로 머리를 자꾸 씹던
그 안쓰러운 이발사 아저씨는
지금 무얼 할까?

가을밤

그리 크지 않은 꿈을 향해서
몸 버리며 달려온 시간들이여
낮의 신인 햇빛과 밤의 여신인 달빛으로
어제를 살아온 사람들이 오늘을 걸어가고 있다
낮에 달리기를 하던 사람들은 집으로 돌아가고
어둠이 쓸쓸하게 몰려드는 가을밤
젊은 사람들은 건강한 심장을 위해 밤에도 뛰고 있다.
달빛을 더 받기 위해 갈대숲을 서성이고 있는
물새들의 가슴 저린 울음소리
마음이 허전한 날이면 나도 경포호에 내려앉아
새들과 함께 달빛 물결로 춤추고 싶다

강릉 가는 길

대관령 정상에서 안아보는
고향, 울컥 치미는 그리움

온 산이 꽃춤추고
호수가 물결치고
바다가 꿈을 노래하는
아름다운 자연나라

대관령 옛길을 따라
걷다보면 길들이 일어나
박수치며 반겨주는
물 언덕의 마음

그 마음 속에 길이 있네

유쾌한 폭설
― 소금강에서

눈발 속에 갇혔다
백색 점령군들에 두 손을 든
눈 내리는 오후

눈이 오면 꽃이 그립다
눈이 오면 꽃이 더 붉다
눈이 오면 동백꽃이 더 뜨겁다

꽃밭 속에서도 꽃이 그립듯이
눈꽃밭 속에서도 눈꽃이 그립다

사기막 계곡에서

바위가 있었습니다. 깊은 계곡 속 한가운데 바위가 가부좌를 틀고 있었습니다. 계곡 속으로 물들이 흐르고 있습니다. 계곡이 가파를수록 물들의 마음도 바쁩니다. 속도를 내 빨리 빨리 흐릅니다. 흐르는 물들은 통제가 되지 않습니다. 멀리 자신들의 안식처를 찾아 흐르는 물들은 시간을 재촉합니다. 급히 흐르다 바위에 부딪혀 부서지고 맙니다. 그때 바위의 큰 마음을 보았습니다. 좀 쉬어 가라고, 천천히 한 생각 나누면서 흐르라고, 그래서 계곡 한가운데 존재한다고 말했습니다. 바위의 마음을 바라보며, 계곡 속에 자리한 한 깨달음 안아 보았습니다.

숲의 노래

사람 몸에 봄, 여름, 가을, 겨울이 있던가
사람 몸에 싹트고, 꽃피고, 낙엽지고, 눈꽃피던가
심심하면 새들이 찾아와 울고 노래하던가
저 아름다운 우주 속에 빌붙어 하루를 보내다
문득, 한 그루 나무가 되고 싶었다

제4부

내가 우주에 온 까닭은?

내가 살아갈 수 있는 힘은
바로 당신으로부터 옵니다.
나는 당신 안에서
당신은 내 안에서
서로 꿈꾸며 살아가는 길
그게 바로 사랑이란 이름의 삶이지요
내가 이 지구에 온 것은
당신을 사랑하기 위해서입니다
내가 이 우주에 온 것은
당신을 더 크게 사랑하기 위해서입니다
오늘 이 순간 살아있는 것은
바로 이 시간 속에서 당신과 함께
숨쉬며 사랑하기 위해서입니다
당신은 어쩌면 나와 같은 시간대에
이 지구상에 머물게 되었습니까
그것은 아마도 운명이란 이름의 만남 아닐까요
내가 이 순간 이곳에 온 것은
당신을 사랑할 기회를 누군가 주었기 때문입니다

당신도 나와 같은 시간대에 머문 것 역시
누군가를 사랑할 시간을 주었기 때문입니다
우리가 오랫동안 서로를 기다려온 것은 바로
더 큰 사랑을 완성하기 위해서입니다
내가 오늘 이 지구에 온 것은
바로 이 순간 당신을 사랑하기 위해서입니다.
내가 이 우주에 머무는 것 역시
당신을 더 크게 사랑하기 위해서입니다.

2010년 4월 어느 날 하루

85

그
이쁘던
목련꽃이
새벽에 하나
아침에 하나
오후에 하나
저녁에 하나씩
졌다

밤하늘에 뜬
네 개의 별들이
참 곱다

부처
— 춤꾼 홍승엽

누가 부처의 몸을 본적 있던가
가을비에 젖은 마당
한지에 들꽃 따 붙여 만든
차받이에 찻잔 받치고
그윽한 늦가을에 취한다
차향 따라 들려오는
거문고 소리 가슴을 흔들고
이쁜 몸매로 가락에 몸을 뉘는
춤꾼 홍승엽
어찌 사람이 부처인 듯하던가
무향인 듯하나
은근한 먹냄새에 퍼지는 묵화에
담기는 그대 움직임
누가 부처의 춤에 천둥 번개 얹어
비를 뿌리던가
아, 가을비 맞으며
*몸으로 세상을 닦는구나

*2009년 10월 16일 춤꾼 홍승엽의 춤 공연제목(소나무 흔들어 하늘을 닦는
다)을 빌림.

목련이 진 자리에 라일락 꽃향기가
피어나듯이

누구에게나 오는 봄이지만
누구나에게 아무렇게나 오는 봄만은 아니지요
몸으로 느껴보는 봄도 있지만요
3월과 4월 사이 냄새로 만나보세요
그때 떠난 자리에 이별의 향기가 피어나데요
헤어지는 것은 다 아픈 것만은 아니지요
때가 되면 아름다운 것이지요
낙엽이 나무를 떠나듯이
배들이 항구를 떠나듯이
헤어지는 것은 아름다운 것도 있지요
그러나 이 봄 그대 떠난 이별의 깊이만큼
남은 사랑의 흔적들이 향기롭게 울어요
이별이 진 자리에 시간이 지나면
만남이 아닌 또 다른 이별이 시작되어요
사람이 진 자리엔 그리움이
이별이 진 자리엔 새로운 이별이 피어납니다
목련이 진 자리에 라일락 꽃향기가 피어나듯이

가을 햇살 눈부신 날

가을 햇살 눈부신 날
낙엽 지는 창가에 앉아
지나간 사랑을 추억하네
추억도 죄가 될까 싶어
가을 햇살에 눈 가리며
내가 알고 있던 사랑을 돌아보네
난 참 어리석었네
나 한때 죽을 만큼 사랑한다는
운명적인 사랑의 말장난에 눈멀어
당신에게 내 모든 것을 다 주었다네
그러나 사랑은 뜨거워질수록 마음을 태워 버리고
차가워질수록 몸을 식혀 버렸다네
오 사랑에 병들어 지친 젊은 날의 삶이여
변하지 않을 사랑을 찾아 헤매던 날들이여
꿈 같은 시간은 내 속도 모른 채 지나가고
세월이 옷을 갈아입듯 사랑도 변했다네
그 사랑도 죄가 될까 싶어

툭, 툭 낙엽지는 소리에 마음을 감춘 채
시간의 눈을 가리고 눈물 짓네

어느 고장난 철학자의 잠꼬대

나는 꿈을 꾼다
꿈속에 삽 한 자루를 들고
저 하늘 위를 날다가
뭉개구름 위를 지난 어떤 행성에 집을 짓고
마당을 만들고 우물을 파고 사과나무를 심었다
이마에 묻은 땀을 흩어내고
나무 그늘 아래서 낮잠을 자다가
문득 깨어나 잘 익은 사과를 따서 한입 베어 물고
불쌍한 지구인들이 생각났다
그들에게 신은 아직 오지 않았냐고 큰소리로
외치다가, 지구인들이 쏘아올린
인공위성을 바라보았다
그들의 꿈을 헤아리다가 나는 다시 꿈을 꾼다
또 다른 행성을 찾아 집을 짓고
마당을 만들고 우물을 팠다
또 다른 지구인을 위해서

귀향

오랫동안 편지 한 통 없이
세상에 흩어져 바람부는 대로 살다가
식솔들 거느린 애비, 에미가 되어 살다가
고향마을 어귀로 들어설 땐
까까머리, 단발머리 아이들로 다시 돌아오네
세상살이 허겁지겁 했어도
변하지 않은 유년의 모습들
가난을 햇빛처럼 이고 다니던
죽은 형제를 바라보며 뜨거운 가슴만 움켜 쥐고
타는 놀만 하릴없이 바라보던,
먼 바다로부터 돌아오는 만선의 깃발보다
아버지를 더 기다리던 아이
이제 시간도 세월의 깊이에 져버렸다.
낡은 흑백사진 속에 남은 추억을 만지며
미친 듯이 소주로 마음을 나눠 마신다
가슴을 타고 흐르는 시간의 벽을 뚫고
이렇게 미친 듯이 마음을 부벼댈 수 있다니!

강릉은 서울에도 있다

겨울 창에 비친
프라다 루이뷔통 가비 앤 제이를 뒤로 하고
서울 뒷골목 바다횟집에 앉았다
친구 몇 놈이 눈 크게 뜨고
멍게 한 접시에 주문진 바다내음이
채처럼 썰은 오징어회에 소돌항 달빛이
쥐치회엔 내 친구 금순이의 콧물이
생각난다며 낄낄대다가
도루묵찌개가 나올때 쯤 먼저 간
친구의 못다한 사랑이
양미리구이엔 못다한 인생의 애석함을
함께 구어 달라고 떼를 쓰다가
미친놈 소리 한번 듣고
정신을 차릴 듯하다가
한 놈은 바다에 무덤을 만든
아버지의 목소리가 들린다며 지랄을 떨다가
우리 모두 모듬회 접시에 코를 박은 채
울컥 강릉이 보고 싶다며

사천항에 정박한 배들이 그립다며
엉엉 모듬 노래를 울었다

사랑이, 부질없는 사랑이 1

사랑이, 부질없는 사랑이
나를 놓아주질 않는구나
그토록 멀리한 너였지만
멀리 할수록 가까이 다가오는
그 애절한 감정 때문에
사랑이, 부질없는 사랑이
내 운명의 길을 얽어매고 가는구나
사랑이, 하염없는 사랑이
내 인생의 들길을 따라
지나온 길들을 울게 만드는구나
그리고 앞으로 걸어갈 길을
깜깜이 지워 버리는구나
그렇구나 사랑이, 부질없는 사랑이
인생의 전부였구나

사랑이, 부질없는 사랑이 2

네가 누워있는 언덕에
햇빛이, 부질없는 햇빛이
무심히 내려앉고 있구나
가을 대지의 나무들 심심하여
잠자던 바람을 불러내 농담을 나누고
네가 다시 살고 있는 동산엔
바람이, 부질없이 바람이
쑥대밭처럼 헝클어진 모습으로
인생을 시위하는구나
누군가를 사랑한 사람이
또 죽어가고 있구나
나를 버려 누군가를 사랑한
사람의 착한 마음을
산 자들은 모르리
다만, 죽은 자들이 그 진실을 알 뿐
서글픈 인생 나그네를 지켜보는
낮달만이 애닮은 표정으로 바라볼 뿐
계절은 너무 쉽게

생명의 가을을 용납하는구나
바람이, 사랑을 감싸던 부질없는 바람이
지금까지의 인생이었구나

그땐 어떨까?

내가 죽을 때 어떤 생각을 할까
먼저 간 아내 생각부터 할까
남겨 놓은 딸아이 생각부터 할까
아니면 오래 전에, 아주 오래 전에
떠나신 부모님 생각부터 할까
그것도 아니면 잠시 만났다가
이별한 기억 흐릿한 여인일까
내가 죽을 땐 어떤 노래가 가장 듣고 싶을까
송창식일까, 김광석일까, 김수철일까
아니면 바흐일까, 드뷔시일까, 라흐마니노프일까
내가 죽을 때 뭘 먹고 떠나고 싶을까
광화문 안성또순이집 생태탕일까, 청진동 해장국일까
강릉 사천 해변가 돌고래횟집에서 먹던 성게비빔밥일까
내가 떠날 땐 나는 무엇을 가장 그리워 할까
이승에 남기고 가는 눈물 한 방울 속에
무엇을 담아 떨어뜨리고 갈까
아무래도 아무래도 달랑 하나 남기고 가는

딸 아이의 행복한 삶이 아닐까
내가 죽을 땐 꽃피는 봄이었으면 좋겠다

불편한 사랑

사랑이 그리 쉽더냐
신작로 길에 놓인 아무 돌멩이처럼
사랑이 그리 흔하더냐
흐린 날 제 마음을 걷어차며 달리던
사랑이 그리 만만하더냐
사람 마음 안은 밖을 그리워하고
밖은 안을 그리워할진대
어디 변하지 않는 사랑이 있기는 하더냐
안과 밖의 사이에 끼어 있는 게
사랑이고 삶 아니더냐
반바지에 슬리퍼 신고
문 밖으로 나가보라
어디 만만한 사물들이 하나라도 있더냐
세상의 문과 문 사이에 끼어
문과 세상 사이에 끼어
불편한 게 존재 아니더냐

들꽃에게 말을 걸다

사랑하는 사람은
늘 먼저 떠났다
희뿌연 길 위에서 우는 나그네
그 길 위에 흩어지는
헤진 마음 조각들
하루 종일 같이 놀아주던
새들마저 숲으로 돌아간 들판에 서서
마음 담을 집을 묻는다
달맞이 꽃잎에 숨죽여 부는
바람을 붙들고 통사정 한번 해 보네
눈물은 어디로 흘려야 하느냐고
새빨간 노을에
얼굴 물들인 바람은
눈길 한번 주지 않고
빈 길을 휘돌아 숲으로 돌아갔다
바람에게 바람맞은
나는 길섶에 핀 들꽃에게
매정하다 말을 건네 애원했더니
쓸쓸한 눈물로 위로하네

겨울편지

슬퍼하기엔 너무 가혹했다
온몸이 나뭇가지처럼 휘어져
떠나던 그대의 모습에선
차라리 죽음의 냄새는 나지 않았다
그대 떠난 후 함께 했던 시간들이 몰려와
나를 버리더구나, 부담도 없이
시간은 더 이상 흐르지 않았다
오랜만에 그대에게 편지를 쓴다
그대를 만난 순간을 사랑했지만
그 순간이 영원이란 것을 몰랐다
흰 편지지엔 사랑의 고백 대신
흰 눈발만 자꾸 쌓이고, 쌓이고
설악산 깊은 계곡의 나무들은
더욱 깊게 껴안으며 체온을 나누는구나
잘 있느냐는 안부 한마디 못 적고
눈물인지 눈 녹은 물인지
분간할 수 없는 내용만 담기는구나
바람의 정거장 같은 겨울 우체통 앞에서
잠시 머뭇거리는 어린 바람을 안고 보낸다

황망히 너를 하늘로 보낸 후
슬퍼하기엔 너무나 가혹한 시간들이
칼날 위에서 날밤 새 듯 지나갔다

구두

흙 묻은 구두
빛나는 구두
젖은 구두
헤진 구두
끈 달린 구두
끈 없는 구두
때 묻은 구두
뒷굽이 닳은 구두
아, 오랫동안 닦지 못한 구두
놓여있다, 우리는 그렇게 만나
어리둥절 손잡고 기억을 되살리며
인사 나눈다
죽은 자들이
산 자들의 인연을
다시 맺어주는
어느 장례식장에서
우리는 신고 온 구두를
다시 신고 돌아간다

화성에서

어느 날 나는 화성엘 가기로 했다.
그곳에도 사랑이 있을까, 궁금했기 때문이다.
아주 사소한 먼지의 미립자들끼리 부딪혀
만들어내는 눈물방울 같은 게 있을지도 모른다는 생각에
내가 만든 상상의 우주선을 타고 하늘을 날았다
속도는 그리 빠르지 않았지만
멀리 아래로 내가 살던 마을이 보였다
잠시 사랑했던 여인의 집 근처 나무 몇 그루도 보였다.
지구는 떠나서 보니깐 참 아름다웠다.
사람은 그 무언가로부터 떠나보아야 자신의
모습이 보이는가 보다, 그런가 보다
달을 지날 때 쯤엔 아폴로 13호의 우주인들이 생각났다
과학자들은 방아찧는 토끼나 계수나무가 없다고 증명
했으나
내 상상의 눈에는 푸슨 숲들과 온갖 짐승들이 뛰놀았다
수많은 별들을 지나쳐 새벽 무렵 화성엘 도착했다
두려움과 설렘이 뒤섞인 우주여행이었다.
내가 그토록 동경하던 화성, 사랑의 활화산으로

타버린 별이 된 화성에서 지구는 보이지 않았다.

아 그렇구나 지구는 얼마나 작은 별인가

먼지 같은 작은 별에서는 전쟁이 끊이지 않고

사랑과 용서보다는 미움과 적개심이 들끓고 있다

알 수 없는 빛으로 밝아지는 화성은 참으로 조용했다.

불 같은 사랑의 뜨거움으로 타버린 별이 아닐까 생각했다

그냥 그랬다. 화성의 표피에 누워 생각했다.

모든 사랑의 시작은 별에서 시작된다고

보이지도 않는 지구를 찾으려고 애쓰다 느꼈다.

언젠가 지구는 탐욕으로 타버린 또 다른 화성이 될지도 모르겠다.

지구엔 다시 돌아갈 수 있을까.

내가 돌아갈 때쯤엔 불행한 별로 우주 속을 떠돌지 모르겠다.